AF142758

Collage original

« La croisée des chemins » (2018)

Giovanna DI MASCIO

SOLÈNE

Une amitié, une emprise.

Jeanne A.

SOLÈNE

Éditeur : BoD
12-14 rond-point des Champs-Élysées, 75008 Paris
Impression : Books on Demand, Norderstedt,
Allemagne

ISBN : 9-782-322-189243
Dépôt légal : décembre 2019

Merci à toutes les personnes qui ont cru en moi et m'ont encouragée dans cette aventure.

Merci à mon neveu pour son aide précieuse et indispensable sans laquelle ce projet n'aurait pu aboutir.

Merci à vous tous de me lire.

*Toute ressemblance avec des personnes existant
ou ayant existé est purement fortuite.*

Premiers pas vers une nouvelle vie…

Lettre à une amie

Pardon mon amie, je dois te quitter.
Nous avons parcouru un long chemin ensemble,
dix-huit ans je crois, mais nous arrivons au bout.
Nous nous sommes rencontrées dans les rires d'un
séjour théâtre et puis nous avons chacune de notre
côté affronté nos démons, avons osé nous mettre à
découvert pour mieux nous connaître, pour mieux
nous sentir moins seules. Âmes perdues, âme, mot
que je n'emploie jamais avec toi, toi si pieuse, moi
au contraire si réfractaire à ce monde, âme, il fait
partie des mots que je m'interdis d'utiliser, parce
que avec toi, pour te protéger, pour me protéger, je
n'emploie plus certains mots. Le sens qu'ils
revêtent est tellement différent pour l'une et
l'autre.

Notre amitié m'enferme, m'oppresse, m'étouffe,
petit à petit je me censure, les moments de bonheur
que je peux avoir te sont insupportables, tu me dis
qu'ils te renvoient à ta triste vie, que tu te sens
tellement seule, que tu n'as personne, alors je
réponds aux messages que tu m'envoies tous les

jours, un deux trois quatre cinq... messages, et deux coups de fil. Je culpabilise, elle se sent seule, j'y trouve peut-être aussi mon compte, je suis utile à quelqu'un. Je me laisse enchaîner dans une spirale, d'où, chaque fois que je cherche à m'échapper, les textos, violents, affluent. Qu'est-ce que j'ai pu dire, qu'est-ce que j'ai pu faire pour être aussi mauvaise ? A nouveau je me sens comme une enfant. Avant-hier, la fois de trop je ris de ma propre mort, je suis en plein dedans en ce moment.

Une autre amie m'appelle, m'annonce une mauvaise nouvelle, je la reçois en pleine face, j'ai du mal à entendre, je ne comprends plus, beaucoup de souvenirs se bousculent dans ma tête, je suis chamboulée, mais mon amie est confiante, alors je me dis que tout va bien se passer, sans doute.

Je raccroche et je tombe sur un texto, assassin, me reprochant mon cynisme, ma légèreté face à la mort, mon manque d'écoute.......... Bref, ce n'est pas le premier message dur que je reçois de toi, mais celui-là ne passe pas. Quelle violence dans tes propos !

Et c'est un déclic, je me rends compte que je suis devenue une oreille, que tu m'as vidée de mon âme, oreille à l'écoute, au garde à vous, mon cerveau ne peut pas penser, ma bouche ne peut pas parler, mon corps culpabilise de se mouvoir, et mon cœur de s'émouvoir.

Je t'explique en quelques mots par texto la violence que m'ont renvoyée tes phrases. Tu t'excuses et me demandes d'être indulgente. Mais comment être indulgent, si je ne peux plus être moi, si tu dénies mon existence, jusqu'à ma mort ? Et quelle est la place de l'indulgence en amitié ?

Je n'y arrive plus. Je me refuse à étouffer et à me taire davantage dans mes relations. Certaines amies à moi, je les ai déjà écartées et je m'aperçois aujourd'hui que le processus était le même, je me sens seule, je suis malade, j'ai culpabilisé de ne pas être à la hauteur, ma présence semblait n'être jamais suffisante. J'ai culpabilisé d'être en bonne santé, et finalement je me suis oubliée, et comme je n'existais que par mon inexistence, lorsque j'ai voulu "être", toute la belle amitié s'est effondrée.

Paule

« Bon, non, c'est trop violent, je ne peux pas lui écrire ça… »

Bonjour Solène,

Je voulais t'écrire cette lettre pour te dire que malgré la situation, j'éprouve beaucoup de respect pour toi, même si je sais que ça doit être difficile.

Je n'arrive pas à répondre à tes textos ou à tes coups de fil. La lettre me paraît le moyen le plus adapté actuellement pour communiquer avec toi, la notion d'immédiateté étant moins présente. J'ai du mal à te répondre. Pourquoi ? Je l'ignore. Peut-être notre relation ces dernières années a-t-elle été trop forte, trop présente ? Je me rends compte qu'on s'est envoyées des textos et appelées, plusieurs fois par jour. Ça ne m'était jamais arrivé avec personne et je crois que quelque part ceci est devenu pesant. Attention Solène, ce n'est pas toi qui est pesante, c'est cette relation. En tant qu'amie, je tiens énormément à toi, mais je suis dans une période où j'ai besoin de me recentrer sur moi-même, et ce que je te dis pourrait être valable pour mes sœurs, pour mes enfants, pour n'importe quelle personne avec laquelle j'entretiendrais une relation aussi forte et présente.

Nous avons fait partie du quotidien de l'une et de l'autre. Trop. Nous avons partagé nos angoisses, Solène, nos chagrins, nos joies aussi, mais de manière trop forte, trop présente. On ne peut pas, c'est ce que je pense en tout cas, vivre pleinement sa propre vie en ayant une présence, une omniprésence à ses côtés.

C'est difficile sans doute pour toi d'entendre ça, c'est difficile et ça fait mal pour moi de l'écrire. La maladie est peut-être en partie responsable de ça, mais je ne crois pas.

Nous nous sommes enfermées dans cette relation, ne nous laissant plus beaucoup de liberté de la poursuivre telle quelle ou pas. Le seul moyen que j'ai trouvé, je pense, c'est d'arrêter.

Paule

Non, ça ne va pas, Paule n'est pas satisfaite, les phrases sont mal tournées, elles n'expriment pas suffisamment l'étouffement qu'elle ressent, elle doit écrire un troisième courrier.

***

Sa vie était en miettes. Ruptures, pertes, deuils en somme.

Paule venait de perdre son père, l'homme sans doute le plus important de sa vie ; dire qu'elle se sentait orpheline est un euphémisme ! Son père, c'était pour elle comme une protection silencieuse, une présence protectrice discrète et indispensable. La maladie l'avait emporté en un mois, violemment. S'en était suivie une série d'évènements tous aussi destructeurs les uns que les autres. Elle n'avait pas souhaité renouveler son contrat de travail pour pouvoir être au plus près de ses enfants, dévastée par la douleur, et avait sombré dans la désespérance, dans un gouffre de tristesse.

Elle était partie loin de sa famille, avec ses enfants, rejoindre celui qu'elle pensait être le nouvel homme de sa vie dans l'espoir de construire... Construire... Mais ce mot ne revêtait désormais plus aucun sens. Au pire moment, cette relation avait pris fin.

Sans un sou, sans voiture, elle était tout de même partie trois semaines à vélo avec ses deux enfants, sans vraiment réfléchir, ni à un itinéraire, ni à une organisation.

Ces vacances avaient sans doute été parmi les plus belles de leur vie à tous les trois. Prendre le large, repartir autrement, envisager l'avenir à nouveau, soleil, efforts, nature... redécouverte des plaisirs simples de la vie, petit cocon familial, restreint, mais fort, uni et soudé.

Oui, elle en était persuadée, la vie était belle et lui offrirait encore de beaux moments.

Et puis ses enfants étaient partis pendant la seconde moitié des vacances avec leur père et Paule avait accepté l'invitation d'une collègue de travail, une semaine en montagne, stage de théâtre. Elle ne connaissait personne, ça ne lui ressemblait pas, mais elle irait. Elle se laissait porter par la vie, un peu perdue, ne sachant plus vraiment ce qu'elle avait envie de faire, à quoi elle aspirait. Juste se laisser aller, avec cette sensation que plus rien ne pourrait l'atteindre, tout était allé si vite et si profondément dans la douleur.

Et cette semaine-là avait été une belle surprise. Elle y avait rencontré des gens sympas, tous différents mais qui avaient comme point commun d'être un peu cassés par la vie. Parmi eux Solène.

Une semaine en montagne dans ce qui se voulait un gîte, eau froide uniquement, toilettes sèches, pas de douches, mais un havre de paix que tous avaient adopté. Longues balades près du lac, engouement pour ce court métrage qu'ils réalisaient avec fierté, belles veillées où chacun se découvrait petit à petit.
Elle était persuadée qu'elle en reviendrait différente, des amitiés étaient nées, des projets avaient vu le jour, notamment ce fameux projet de court métrage.

Elle rentra, gonflée à bloc pensant avoir laissé derrière elle le plus douloureux de sa vie, sauf que... la vie reprit son cours, pire qu'avant...
Solène était là pour elle. Elles se téléphonaient parfois.

Paule ne connaissait pas les problèmes de santé de Solène, elle voyait en elle une belle femme célibataire, libre, revendiquant son indépendance et qui s'assumait totalement. Solène avait énormément d'humour et une énergie qui pouvait soulever tout un groupe, elle lisait beaucoup, appréciait les expos, peignait et écrivait. Solène bluffait ses amis.

Elle n'acceptait pas sa maladie et la cachait autant que possible à son entourage.

Paule était tellement absorbée par ses propres problèmes au quotidien, comment aurait-elle pu soupçonner la présence des démons qui envahissaient les journées et les nuits de son amie ?

***

Paule a rêvé à Solène cette nuit. Ces jours-ci, Solène a essayé de l'appeler plusieurs fois et lui a envoyé plusieurs textos. Paule lui a pourtant écrit une lettre, claire cette fois, pas agressive mais claire, où elle ne remet en question ni la personnalité de Solène, ni sa maladie, mais la nature même de leur relation, trop proche, qui ne laisse plus de place à chacune. Elle ne sait pas si elle a reçu sa lettre elle l'a postée jeudi pour qu'elle l'ait vendredi ou samedi, mais dimanche, elle a reçu trois textos d'affilée. Sa belle-fille lui dit que ça ressemble à du harcèlement elle n'a pas totalement tort, cette relation la poursuit jusque dans ses nuits.

Paule se remémore son rêve :

Solène vient à la maison avec sa mère, très âgée. Elles sont installées dans la cuisine avec la mère de Paule qui n'est pas au courant du froid entre elles, et qui leur offre un café. Paule est à l'étage avec ses enfants. Elle descend. Solène lui sourit, mais Paule n'est pas contente de la voir. Solène s'en rend compte, ça lui est égal. Elle lui dit qu'elle est venue pour discuter avec Paule parce que Paule ne répond plus à ses messages. Elle veut monter à l'étage, Paule lui barre la route « non il y a mes enfants, et puis tu n'iras pas dans ma chambre ». Leurs mères ne comprennent pas ce qui se passe elles se regardent, les regardent, et ne savent pas quoi dire. Paule propose à Solène de descendre pour parler, elle veut épargner leurs mères, ses enfants. Elle lui dit qu'elle ne veut pas la voir pour l'instant. Pourquoi est-elle venue ? Solène la regarde, lui sourit et veut visiter la ville.

Cette fois Paule est seule dans les rues. Elle va sur une place où sont exposées énormément de pâtisseries. Son ex-mari dirige une brigade : ils arrivent tous en même temps et comme dans une chorégraphie les serveurs et serveuses en tenue déposent tartes et entremets sur une table avec des tréteaux. Paule demande au père de ses enfants s'il n'y a pas trop de gâteaux. Il lui répond en riant que non. Elle s'installe à une table, tout est confus, elle attend quelqu'un, elle ne sait plus qui. Un homme arrive avec un appareil, une sorte d'ordinateur portable de type tablette mais très ancien. Ça intéresse la personne assise près d'elle. Sa fille ? Oui, c'est bien la fille de Paule qui est installée là.

Paule ouvre les yeux, elle est comme groggy. Elle se rend compte aujourd'hui à quel point sa relation avec Solène l'a envahie. Elle en rêve la nuit, elle a peur qu'elle vienne chez elle.

Paule parle de ce rêve à sa fille. Elles ont un peu la même sensibilité à ce niveau. Sa fille la met en garde, lui dit qu'on ne sait pas, que Solène peut être dangereuse si elle est contrariée. Mais ça, Paule n'est pas prête à l'entendre, alors elle utilise son arme fétiche, l'humour, pour rassurer sa fille.

Les personnes avec lesquelles Paule parle de cette relation, lui parlent de sa toxicité « oui, mais dans une relation toxique… » « c'est bien de sortir de cette relation toxique… » …

C'est étrange, Paule ne l'aurait jamais qualifiée ainsi, et pourtant, elle doit bien constater qu'elle s'est laissée happer, dévorer par les démons de Solène.

***

Pour la énième fois, le téléphone portable indique : SOLÈNE au moment où il se met à sonner. Paule ne supporte plus de voir ce prénom s'afficher, il lui provoque aujourd'hui des sueurs froides et des montées d'angoisse, elle se sent harcelée, pressée, envahie, heurtée. Paule a été claire pourtant dans sa lettre, elle a besoin de mettre de la distance. Dans le courrier définitif, elle a bien écrit qu'elle a comme un blocage !

Qu'est-ce que Solène n'a pas compris ? Pourquoi ne la laisse-t-elle pas se remettre de toutes ces années de présence incessante ? Pourquoi ne respecte-t-elle pas les choix de Paule ? « Tu peux m'écrire si tu veux, un peu », a noté Paule dans sa lettre.

Solène s'accroche à son téléphone, ne voyant plus que dans Paule l'objet de sa quête d'écoute. Qu'est-ce qui la motive ? La tristesse, le chagrin ou alors simplement la rage de ne pas obtenir ce qu'elle veut ? Car oui, Solène était malade, mais Solène est aussi une femme qui a toujours obtenu ce qu'elle veut et qui parfois se cache derrière sa maladie pour obtenir ce qu'elle désire.

Quelques minutes plus tard, Paule entend à nouveau son téléphone, brève sonnerie, elle regarde. Un texto de Solène, nouvelle montée d'angoisse, Solène lui dit qu'elle est partie quelques jours, seule, dans le centre de la France, elle insiste à nouveau.

« Je ne peux pas m'empêcher de te joindre sans réponse... Nos coups de fil me muent, je ne comprends pas ce silence... C'est ce que je t'ai fait ça me fait mal, bises »

Lapsus… Elle note *muent* au lieu de manque, et puis, *c'est ce que je t'ai fait*, pour qu'est-ce que je t'ai fait. Paule comprend bien que ce ne sont que des lapsus, mais ils résonnent, en miroir, l'impression d'être muée, transformée, par ces relations avec Solène. Solène, sans même s'en rendre compte, exprime ce que ressent profondément Paule. L'angoisse s'est installée, Paule perçoit l'intention inconsciente de Solène, ne faire qu'une seule et même personne avec elle, c'est angoissant, elle est inquiète. Une peur : que Solène vienne frapper à sa porte.

***

Paule se lève. Cette nuit elle a réussi à dormir mais sa mâchoire lui fait mal, est tendue, et une sensation étrange a envahi son corps. Montée d'angoisse, forte. Elle n'avait pas ressenti une telle sensation depuis longtemps. Comme si des centaines de vers se frayaient un chemin dans son ventre, entre tous ses organes vitaux, les compressaient pour mieux les asservir et pour finir les anéantir.

La mâchoire serrée, elle prépare son café, pas de place ce matin pour le farniente, le café coule doucement, elle fait sa vaisselle, nerveusement. Elle ne peut s'empêcher de penser à Solène. C'est vrai Solène lui a toujours dit qu'elle était médium, que parmi ses aïeules il y avait eu une sorcière qui avait brûlé sur un bûcher. Maintenant qu'elle y pense, c'est vrai que Solène a les cheveux un peu roux !

« Non mais n'importe quoi Paule, tu t'enfonces dans les clichés les plus idiots et les plus immondes !!! »

Mais tout de même, quand elle y repense…

Tout a commencé par des vertiges, le matin, au réveil, Paule se cogne contre les murs qui semblent danser devant elle. Et puis petit à petit, ses rêves, ses cauchemars, même, salvateurs pour elle, ont disparu, elle ne s'en souvient plus, juste des murs qui dansent autour d'elle comme s'ils voulaient l'enfermer... Et maintenant, cette angoisse.

Paule a peur. Et si Solène disait vrai ? Solène lui avait dit un jour qu'elle avait des douleurs très fortes aux intestins, qu'elle devait se faire opérer, Paule avait été la plus rassurante possible envers son amie.

- Ne t'inquiète pas, ils savent ce qu'ils font...

- Non, mais je vais attendre.

- Tu vas attendre quoi ? Tu sais très bien que ce que tu as dans ton ventre ne te lâchera pas, le médecin t'a expliqué les conséquences ! Un jour tu vas te retrouver par terre, terrassée par la douleur et il faudra t'emmener d'urgence à l'hôpital pour t'opérer.

- Ce n'est pas grave, et puis peut-être que je n'aurais pas le temps d'aller à l'hôpital, peut-être que cette saloperie me tuera avant !

- Ah bon ! Mais il fallait le dire ! En fait c'est un suicide maquillé !

Paule avait poussé le raisonnement absurde jusqu'au bout pour faire comprendre à son amie la nécessité d'une opération.

Eh oui, mais voilà, quelque temps plus tard en en reparlant, Solène lui avait dit qu'à son dernier examen, scanner ou IRM, tout avait disparu.

- Mais non, mais c'est incroyable !

- Je te l'avais dit, inutile de me faire opérer, c'est comme ça, c'est le médecin qui l'a constaté, et ça… c'est Dieu.

- Comment ça Dieu ?

- Oui tu sais, je communique beaucoup avec lui, je lui ai demandé de me guérir et il m'a entendue.

- Oui, tu appelles ça Dieu, moi tu sais, je n'y crois pas, alors, j'appelle ça autrement…

Paule cherche dans sa tête, un autre nom pour définir cette guérison miraculeuse, rien ne vient, elle a beau penser que Dieu n'a pas guéri son amie, elle ne peut trouver d'explication logique à cette guérison.

Paule ne peut s'empêcher de penser à Solène et à son Dieu ce matin. Pouvait-elle avoir une force spirituelle telle, une capacité à jouer sur les angoisses d'une personne avec laquelle elle s'était sentie dans une fusion totale pendant des années ? Paule a l'impression terrifiante qu'un transfert s'est opéré du ventre de Solène à son propre ventre.

A moins que… Oui, à moins que ces douleurs, ce projet d'opération n'ait jamais réellement existé, jamais, ailleurs que dans l'esprit de son amie. Oui, car cette période correspond au moment où Paule commence à prendre soin un peu d'elle-même par le biais d'ateliers créatifs. D'ailleurs, Solène a plusieurs fois exprimé son admiration sur ses productions, son envie, combien elle aimerait elle aussi participer à de tels ateliers... Oui mais, les voix...

***

« Tu dois être en vacances, alors juste un petit mot pour te remercier d'avoir été si présente pour moi bises »

« Par toi j'ai recommencé à croire en moi. Tu es précieuse pour moi, c'est toi qui me donne le courage de tenir, je t'embrasse et surtout ton aide précieuse m'a permis de tenir le coup je t'embrasse Solène »

« Bonnes vacances »

« Tu m'as écoutée, supportée, encouragée, sans toi j'aurais été perdue, je trouve dans ton amitié une aide qu'aucun psy ne peut m'apporter, j'ai besoin de ton amitié, j'espère que plus tard tu me donneras des nouvelles, c'est essentiel pour moi »

« Tu me manques, je t'embrasse »

Solène ne lâche pas l'affaire, et quand Paule reçoit trois autres messages, elle n'est pas seule. Elle lit les textos à voix haute. Sentiment étrange, une sorte de jouissance à se sentir adulée, presque vénérée. Elle a la sensation que les messages sont empreints de nostalgie, une déclaration d'amour amitié en quelque sorte.

Sa belle-fille ne lui laisse pas le temps de s'épancher. Et la réalité reprend ses droits.

- Pourquoi tu ne la bloques pas ?

Paule est surprise mais ne sait pas vraiment quoi répliquer. C'est vrai, elle ne la bloque pas et trouve ça vraiment trop violent. Plus violent que de ne pas lui répondre ? Elle ne saurait le dire.

Sa belle-fille insiste et pointe du doigt l'aspect manipulateur de Solène, là où Paule ne voit que maladie. Il y a pourtant des malades qui manipulent et d'autres pas, ça, Paule le sait. Elle a remarqué d'ailleurs qu'il arrive de plus en plus souvent à Solène d'utiliser le même vocabulaire qu'elle. Alors pourquoi ne pas la bloquer ?

Est-ce qu'elle éprouve un plaisir particulier à lire les messages de Solène ? Qu'est-ce que Paule veut se prouver ? Qu'elle est indispensable ? Affirmer son existence à travers les appels et les textos de Solène ? Elle n'ose sans doute pas se l'avouer mais cette conversation pointe le côté pervers de cette relation. Sa belle-fille continue et met l'accent sur la nature même des textos de Solène dans lesquels elle reconnaît les mots que Paule utilise. Elle connaît bien Paule, ses fragilités, ses sensibilités. Elle sait bien pour avoir vu cette relation devenir de plus en plus présente comment Paule s'est laissée dévorer.

Paule pense que sa présence est indispensable à Solène. Solène le lui a tellement et tellement répété qu'elle l'en a convaincue. Paule n'est plus la même, elle perd de l'assurance avec le temps et pour la première fois entend bien le mot emprise que sa belle-fille emploie.

C'est ainsi que la discussion se termine entre Paule et sa belle-fille.

Paule sait que sa belle-fille a raison, elle change de conversation car elle n'a plus aucun argument à lui opposer. Sa belle-fille lui signifie clairement qu'elle a une place à tenir, un rôle à assumer, qu'elle est aussi actrice, pas seulement par son silence mais sans doute aussi par ses actes, et lui renvoie ainsi son incapacité à prendre sa vie en main.

***

Paule a fait des cauchemars cette nuit, elle le sait. Elle se réveille en sueur, les mâchoires serrées. Des bruits proviennent du rez-de-jardin de son immeuble. Des cris de voisins étouffés par les fenêtres fermées.
Des aboiements de chien.
Le gros chien de l'autre voisin qui parfois s'enfuit, et se retrouve dans les jardins avoisinants, sur le parking d'en face, ou à traîner dans le quartier. Paule a peur de ce chien. Il est gros, il n'inspire pas la confiance.

Il faut dire que Paule a vu son chien se faire dévorer par celui du voisin. C'était un dimanche matin, le jour de l'anniversaire de son fils. Ses enfants n'étaient pas là, ils étaient chez leur père. Elle était sortie avec le petit Lhassa Apso, Stan, offert à ses enfants deux ans auparavant, presque jour pour jour.
Elle pensait à eux, à son fils surtout qu'elle avait hâte de prendre dans ses bras, elle n'avait pas vu le chien de chasse en face. Lui par contre les avait vus. A peine sur la chaussée le chien avait bondi. Paule et Stan avaient été surpris et elle n'avait pas su réagir

assez vite, comme chaque fois qu'elle avait peur. Elle avait tiré sur la laisse, en vain.

Le danger imminent, la violence ? Elle n'en n'avait pas eu conscience tout de suite, comme d'habitude ; elle avait besoin de ce temps de réaction qui parfois était une qualité mais qui, là, se révéla synonyme de la mort de Stan.

L'épisode fut d'une violence inouïe et terrifiante. Elle s'en voudra longtemps de ne pas avoir réagi plus rapidement.

Le chien avait poussé Stan dans ses retranchements, le pauvre Stan avait sorti la tête de son collier, Paule s'était retrouvée, la laisse à la main, ne sachant plus quoi faire. Pendant ce temps le chien emmenait Stan là où il désirait, entre trois remorques dans la cour du propriétaire. Paule était en panique, elle criait et pourtant avait l'impression étrange qu'aucun son ne sortait de sa gorge. Elle était pétrifiée, un voisin était finalement arrivé et avait tenu en respect le chien, mais il était trop tard, Paule avait vu Stan se faire projeter par le chien, secouer comme une vulgaire peluche, même ses aboiements de douleur avaient du mal à s'extirper de ce petit corps en proie aux crocs du chien.

Alors seulement, Paule avait pu aller le chercher, le prendre dans ses bras et l'emmener chez le vétérinaire. Le diagnostic avait été sans appel, ils avaient tout essayé mais n'avaient rien pu faire.

Paule s'était sentie à ce moment-là traversée par une décharge violente de part et d'autre de son corps et plus précisément de son ventre. Elle avait besoin envie de crier, d'hurler sa colère et sa douleur, mais rien n'arrivait à s'exprimer.

Elle pensait à ses enfants, comment allait-elle leur expliquer ce qui s'était passé, eux qui chaque fois se faisaient une joie de retrouver Stan.

Les aboiements de ce matin avaient fait remonter ce souvenir. Elle se revoit pleurant, téléphonant à sa mère, incapable d'aligner trois mots… Elle pensait que ces événements faisaient partie du passé… Ils revenaient se bousculer dans sa tête, plus présents que jamais.

Pourquoi maintenant ?

***

Depuis quelques jours, une semaine environ, Paule n'a plus de nouvelles de Solène. Il faut dire que Solène pense que Paule est déjà en vacances. Elle pense donc sans doute qu'il serait vain de l'appeler ou de lui envoyer des messages.

Paule est ravie d'avoir finalement un peu de répit, si ce n'était pas la gêne que lui procurait cette douleur, elle aurait été plutôt relativement sereine. En effet, ce matin, elle a senti tout à coup une douleur intense au niveau des côtes. Elle a eu mal, très mal ; mal au point de réussir difficilement à respirer profondément.

Cette douleur a entaché cette belle journée en famille, dernière journée en famille avant de partir en vacances. Dimanche, impossible de trouver un ostéopathe, sans compter que fin juillet bon nombre d'entre eux ont fermé leur cabinet. Elle traînera sans doute cette douleur tout au long de ses vacances.

C'est ainsi depuis quelques temps. Parfois elle se cogne par maladresse, ou encore se brûle.

Elle a des périodes comme ça où elle a l'impression que son corps et son esprit se désolidarisent, alors elle prend son mal en patience et attend que tout rentre dans l'ordre. Mais là, elle commence à s'inquiéter. Les bleus, son corps qui s'est bloqué en quinze jours à peine à deux endroits, le bas du dos, et maintenant au niveau des côtes...

Son corps semble se désagréger très lentement.

***

Paule se sent mal ce matin. Impossible de fermer l'œil cette nuit. Elle a renoncé au bout d'un temps long, trop long.

Elle a fini par aller s'allonger sur le canapé. Et puis ses yeux se sont fermés, deux ou trois heures seulement. Elle a encore mal dans son dos. La douleur lui paraît plus forte que la veille. La totalité de son dos semble anesthésié.

Envie de vomir. Écœurements. Paule est épuisée, elle voudrait pouvoir se rendormir tranquillement, mais quelque chose l'en empêche.

Comme hier soir, quand sur le point de partir pour une longue nuit, elle a entendu un bruit dans sa chambre, un bruissement. Elle s'est levée, n'a rien vu et sans plus de forces a renoncé à dormir dans son lit. L'appartement est très calme d'habitude.

C'était quoi ce bruit ?

***

Paule est épuisée, elle est devant son café et ne parvient pas à trouver la force de le boire.
Elle a de la peine mais elle ne peut pas faire autrement. Toujours dans le contrôle. Elle n'y peut rien. Elle est ainsi.
Mais Paule n'en peut plus.
Elle a changé.
Elle a envie de partager d'autres choses avec elle.
Pas seulement : « Est-ce que tu as pensé à… », « Est-ce que tu as fait… » …

Paule n'est pas parfaite, loin de là, elle voudrait juste qu'on la traite en adulte responsable et non pas comme cette petite fille qui loupe toujours tout.

Assez.

Assez de ce rôle de poupée à qui vous faites dire ce qui vous convient.
Cette poupée qui dit oui avec la tête mais non avec le cœur.
C'est qui qui chantait ça déjà ?
Christophe ?

Peut-être, ou pas, peu importe.

Elle a envie maintenant de dire oui avec la tête, oui avec le cœur, ou alors non avec la tête, et non avec le cœur.

C'est assez de faire semblant. Elle lui a fait mal, elle le sait.

Elle a mal aussi. Un peu. Mais les choses ne sont pas immuables et Paule veut changer.

Si elle change elle sait que son entourage devra s'adapter.

Peut-être que ce sera dur, violent, mais plus jamais comme avant.

Et puis, un jour peut-être, tout ça se stabilisera. Autrement. Mieux pour elle. Quant aux autres... A eux de faire leur chemin.

En attendant elle ne peut plus. Elle bloque. Son corps parle.

Il refuse, se braque, et entraîne son esprit malgré lui.

Solène a toujours essayé de lui prodiguer des conseils, surtout, surtout quand elle sent Paule faible, surtout quand elle voit que Paule est dans l'attente de reconnaissance, parce que toute la confiance en elle qu'elle avait essayé d'accumuler se transforme en doutes et en indécision.

Alors Solène jubile, elle prend le rôle de la sagesse et du savoir et sans le vouloir sans doute enfonce Paule un peu davantage.

L'esprit de Solène n'est pas malsain, mais il a besoin de pomper dans l'énergie de l'autre pour se nourrir, rire.

Le « nous » est indispensable à Solène mais Paule est en train d'apprendre à vivre en mode « je » et à se repaître d'elle-même.

Elle puise au plus profond d'elle-même ce qu'elle n'a jamais su, pu, voulu trouver.

***

Paule se souvient. Solène lui présente ses amis les plus proches, sa famille. Pour chacun de ses anniversaires elle réunit tout son monde au restaurant et tout le monde est là. Ses yeux brillent. Elle a besoin de l'amour et de l'attention de tous. Chaque fois elle se place au centre de la table, pas en bout de table, mais au centre. Elle regarde ses convives, sourit, prend sa maman dans ses bras, flatte chacun, un petit mot gentil, une petite attention.

Les sourires apparaissent. Elle est tellement heureuse. Ils sont tous là pour elle.

Paule se souvient d'un anniversaire particulièrement. Chez des amis des frères de Solène.

Ancien grand corps de ferme pas totalement rénové.

Tout le monde est installé sur une terrasse. En contrebas, un puits. Les pierres dorées apportent une luminosité singulière et la tombée de la nuit encense et magnifie ce lieu qui semble magique, où le temps s'est arrêté lors d'une belle parenthèse.

Solène et ses frères rient. Leur complicité s'affiche, insolente, dans sa bulle qui semble ne pouvoir s'ouvrir ni accueillir personne. Tous les admirent, tous admirent cet amour exclusif. Ils ne sont plus que trois. Ils ont un public, ils le savent et en jouissent. Moment de plénitude entre eux. Rien ne sera jamais plus comme avant.

La nuit se pose délicatement sur les pierres dorées.

Les invités vont s'allonger.

Paule quitte discrètement ce lieu magique. Solène et ses frères tirent le rideau du bonheur.

Paule reparlera souvent à Solène de cet anniversaire, mais Solène n'est plus la même. Elle l'a presque effacé de sa mémoire, comme nié. Là où Paule avait vu amour et complicité Solène ressent emprise et manipulation.

Les rires appartiennent au monde de la sorcellerie qui a fait de la joie de cette soirée une manifestation maléfique de son pouvoir.

Il n'y aura plus de soirée aussi belle. Comme dans un conte, dans la luminosité des pierres dorées, les démons de Solène ont refait surface plus fort que jamais pour ne plus jamais disparaître. Ils ont modifié son corps, son esprit, se sont installés pour salir cette complicité ou pour révéler une réalité toute autre, jusque-là oubliée, mais glaçante.

***

Paule a accepté de partir quelques jours en vacances avec Solène. Elles sont allées dans un endroit perdu.

Jusqu'au village par le train, de la gare à la maison en taxi.

Paule a pensé que ces quelques jours loin de tout lui feraient du bien.

Il pleut des cordes.

Paule ne peut pas sortir. Solène ne lui adresse que rarement la parole et lorsqu'elle le fait ce sont des reproches. Paule pense que les choses devraient bientôt s'apaiser, essaie de se montrer parfois drôle, parfois compréhensive, mais son humour n'a pas d'écho et sa compassion suscite le mépris.

Elles ont prévu de passer une dizaine de jours dans ce lieu.

Paule appréhende maintenant. Pas moyen de s'extraire un tant soit peu de cette maison, la pluie cogne sur les volets.

Elle prend conscience qu'il est de plus en plus difficile pour elle de trouver sa place au milieu des autres. Elle aimerait tellement, mais le sentiment d'abandon qui l'anime est omniprésent, la sensation que les choses ne font que se répéter quelles que soient les personnes avec lesquelles elle décide de partir. Elle se sent prise dans un immobilisme terrifiant comme si elle était scellée à terre.

Paule pense « relève-toi, relève-toi » Elle sait toute son incapacité à sortir de ce mutisme et de cette léthargie. Elle respire mal et son ventre se vide de plus en plus. Son bas-ventre tremble, la matrice ne répond plus, elle s'enraye.

Elle cherche les quelques bribes d'énergie qu'elle pourrait encore avoir en elle, mais très vite elle abandonne. Elle voudrait partir loin dans ses rêves, loin de cette réalité.

Paule entend la porte s'ouvrir, elle se retrouve face à Pierre.

Non, elle ne peut pas croire que Solène lui ait fait un tel affront !

Pierre c'est l'ami de Solène. Paule l'a rencontré une seule fois auparavant, c'était chez Solène elle lui avait rendu visite parce qu'elle était malade. Pierre était venu aussi. Paule savait que ce dernier était particulier, sale comme disait Solène, mais à ce point… Inimaginable, inenvisageable.

Depuis ce jour-là, plusieurs mois plus tôt, Pierre n'avait pas changé ou plutôt si. Il était pire qu'avant !

Il apparaît là, dans l'encadrement de la porte, barbe non taillée cheveux sales, vêtements rêches d'avoir été trop portés et jamais lavés. Pierre affiche un sourire qui découvre ses horribles chicots. Paule est sans voix.

- Eeeuuuhhh…
- Bonjour ! Comment ça va ?

Même cette voix est insupportable.

- Solène est dans sa chambre, bredouille-t-elle d'un ton mal assuré.

Les pas de Pierre ont sali le plancher. Une odeur écœurante envahit maintenant la pièce principale.

Paule prend ses chaussures de pluie et sort précipitamment. Elle a besoin de respirer un air plus pur. La pluie mouille son visage. Elle s'allonge par terre. Besoin d'un contact profond avec la terre.

Elle commence à ressentir à nouveau une sensation étrange au niveau de son ventre, des fourmillements comme des vies qui se bousculent.

Est-ce ce que Solène disait ressentir ?

Est-ce un signe annonciateur de cette terrible maladie ?

Paule se sent perdue, elle pense ne pas être à sa place. Une petite voix lui dit : « Tout ne dépend que de toi, tu peux décider que tu changeras, aujourd'hui tu es seul maître de tes décisions, prends-toi en main, laisse ton corps s'exprimer... ».

Ces voix se bousculent dans sa tête. Paule sait qu'elles ont raison, mais de les entendre la renvoie à son incapacité à être elle-même, et à la violence de son état.

Paule passe de plus en plus de temps à l'extérieur. Elle voit Solène retrouver le sourire petit à petit. Qu'est-ce que ELLE n'a pas su lui apporter ? Qu'est-ce que Pierre peut être pour elle ?

- Lui me comprend, dit Solène.

« Mais moi je suis là » pense Paule.

Paule est partagée entre la jalousie et un sentiment d'inutilité. Elle a l'impression de ne servir à rien, de n'être d'aucun intérêt pour personne, elle ne se rend pas compte qu'elle est en train de creuser petit à petit le puits dans lequel elle va s'enfoncer.

Paule pensait pourtant avoir retrouvé une certaine assurance. Et voilà que tout s'effondre autour d'elle, ses certitudes, ses espoirs. Elle se rend compte qu'il lui est bien difficile de vivre avec les autres. Elle aimerait tellement sortir, voir du monde. Elle sent qu'une énergie puissante n'attend que le moment de s'exprimer, d'émerger, mais elle n'y arrive pas. Malgré elle, malgré ce qu'elle désire, elle dépend encore et toujours de l'autre.

Après une longue promenade n'ayant pour compagne que sa solitude, Paule prend son courage à deux mains et décide de rentrer. Elle ne sait pas ce qu'elle va trouver, indifférence, complicité qui l'exclut, mais Solène l'accueille à bras ouverts.

- Tu es rentrée ma chérie !
- Oui…
- Regarde Pierre !
- Oui… Il s'est rasé…
- Mais non ! Il a lavé ses cheveux et sa barbe ! Tu vois Pierre les gens ne te reconnaissent pas quand tu fais un effort !
Solène rit beaucoup elle s'approche de Paule, la prend dans ses bras.

- Tu ne dis rien Paule? Vous êtes beaux tous les deux, j'aimerais tellement vous marier! Je vous aime...
Paule ne comprend plus, comment Solène peut-elle dire une chose pareille ! Elle esquisse un sourire mais son ventre exprime son désarroi. Elle se détache de l'étreinte de Solène et disparaît. Elle se vide encore encore et encore.

***

Paule veut mettre de la distance. Son téléphone sonne. SOLÈNE. Elle ne répond pas. Son téléphone sonne encore. SOLÈNE. Elle ne répond pas. Elle n'en n'a pas envie. Elle veut plus d'espace.

Premier texto :
« Ça va ? »
Deuxième texto :
« Qu'est-ce que tu fais ? »
Troisième texto :
« Tu es avec les petits ? »
Quatrième texto :
 « Tu penses quoi de ce tableau ? »

Parce que Solène peint et ses tableaux sont plutôt beaux.
Paule a de plus en plus de mal à ne pas répondre. Elle culpabilise.
Cinquième texto :
« J'adore avoir ton avis sur mes tableaux, c'est important pour moi »
Troisième coup de fil et message :
« Bon, pas de nouvelle de toi, j'ai fait quelque chose ? »

La culpabilité est plus forte.
Paule envoie un texto :

« Désolée j'étais occupée et j'avais oublié mon téléphone à la maison. J'adore les couleurs que tu utilises, c'est magnifique ! »

Le téléphone sonne. Le cadran affiche SOLÈNE.
Obligée de répondre. Solène s'épanche sur son tableau puis parle de ses démons. Elle raccroche.

Enième texto :

« Je sais, je sens que je te dérange mais les voix sont insupportables je n'ai que toi à qui parler »

Paule se sent obligée de répondre :

« Non tu ne m'ennuies pas je suis là pour toi, ne t'inquiète pas. Désolée de ne pas t'avoir répondu plus tôt »

Solène rappelle. Paule la rassure. Paule ne se rend pas compte à ce moment-là de l'emprise de Solène. Elle se laisse happer et les quelques signes de résistance qu'elle lui oppose sont vite réduits à néant.

Le lendemain, Paule répond au premier coup de fil :

- Tu comprends, c'est tellement difficile pour moi les gens ne m'appellent plus…

Alors Paule sent le reproche, elle se dit qu'effectivement ce soir ou demain elle l'appellera en premier.

***

Les exigences de Solène sont de plus en plus oppressantes. Solène peint beaucoup. Chaque fois elle demande son opinion à Paule. Ce qui se voulait échange intéressant devient chantage affectif.

Solène s'attache maintenant à parler du moindre détail de ses peintures. Si elle veut répondre, Paule doit regarder les peintures attentivement, mais elle n'y parvient pas. Les photos sont petites sur le portable, elle ne peut pas les mettre côte à côte pour les comparer et voir la différence.

Elle a bien essayé de le dire à Solène, mais Solène ne l'a pas entendue.

Alors elle ment, en fonction de ce que dit Solène. Elle acquiesce ou lui répond :

- C'est difficile pour moi de dire, je ne trouve pas le mot adéquat, adapté, eeuuuhhhh, mais de toute façon je te fais confiance tu es tellement douée tu vas trouver.

Paule s'en sort avec une pirouette.

Cette fois Solène n'a rien vu, mais parfois Solène réagit :

- Mais enfin est-ce que tu es sûre de l'avoir bien regardé ?

- Ah mais non je me trompe de tableau ! Et Paule se perd en excuses toutes aussi plus grosses, vaseuses les unes que les autres.

***

Paule se sent bien ce matin. Elle appelle Solène.

- Bonjour, comment ça va ?

- Et toi?

- Et bien écoute, j'ai vraiment très bien dormi. J'ai fait des rêves agréables cette nuit...
Solène ne la laisse pas finir.

- Toi au moins tu as de la chance, moi je n'ai pas fermé l'œil à cause de mes démons.

Solène s'adresse à Paule de manière agressive. Paule ressent le reproche implicite et commence à culpabiliser.

- Oui mais tu sais, ce n'est pas toujours comme ça, ça doit être le programme tv que j'ai regardé hier soir et qui a joué sur ma nuit.

Paule dit n'importe quoi et s'en rend compte en même temps qu'elle prononce ces mots. Elle a chaud et commence à bafouiller.

- Enfin je ne sais pas…

- Et bien toi au moins, il y a des choses qui t'allègent !
Alors Paule se sent obligée de reprendre :

- Oui, désolée, je sais que c'est compliqué pour toi, alors tu as passé une mauvaise nuit...

- Bon laisse tomber personne ne peut comprendre, je te laisse.

Solène raccroche. Paule n'a pas le temps de lui dire au revoir.

Ce coup de fil la perturbe, elle est partagée entre la culpabilité et la colère. Oui, elle doit toujours faire très attention à ce qu'elle dit.

Solène ne supporte pas qu'elle soit heureuse.

Solène adore Paule quand Paule va mal.

Paule va se vider aux toilettes. Elle démarre mal la journée finalement !

Elle décide d'aller marcher un peu, en général la marche lui fait du bien, lui vide la tête, mais là, impossible, elle ne parvient pas à penser à autre chose qu'à la conversation qu'elle a eue ce matin avec Solène.

Elle s'en veut, elle s'en veut de toujours se mettre plus bas que terre, de toujours s'excuser et se dévaloriser.

Flûte, elle a le droit d'éprouver des choses positives elle se sent chaque fois obligée de passer par le filtre des ressentis de Solène.

Et puis... et puis elle pense que Solène va mal. Elle lui fait de la peine c'est son amie, elle doit l'aider.

Paule rentre, prend une douche et va faire une sieste. Cette fois ses rêves l'emportent dans un univers beaucoup plus sombre.

Le soir elle se décide à rappeler Solène avec une petite appréhension mais également presque contente de dire qu'elle a fait des cauchemars.

- Bonjour ça a été ?

- Oui super j'ai bu un café avec un ami que je n'avais pas vu depuis longtemps. On était au soleil, sur une terrasse. Un peu plus loin il y avait deux jeunes qui chantaient et jouaient de la guitare. J'ai passé un excellent moment. Tu vois, d'en parler là, j'en ai les larmes aux yeux tellement je suis émue. C'était si bon de le voir ! Bon je te laisse, j'ai préparé un bon repas pour maman et moi, je vais monter chez elle.

Solène raccroche.

Pas un mot pour Paule.

Paule regarde sa montre. Dix-sept heures trente.

Elle est sans voix, bouche bée, son cauchemar en travers de la gorge.

***

Paule a fait des cauchemars toute la nuit. Ce matin elle ne téléphonera pas à Solène. C'est décidé.

Elle se lève, ensuquée, et décide de sortir. Elle n'est pas sortie depuis quelques jours, elle était fatiguée, mais là c'est bon, elle prend son jean et son t-shirt préféré.

Elle a du mal à les passer. On dirait que son corps a changé. Elle est enflée bouffie, elle ne comprend pas. Elle a pourtant passé quatre jours à se vider.

Elle repose tout et s'installe sur son canapé.

Comme ça elle ne s'aime pas.

***

Paule ne comprend pas. Son corps se transforme, son ventre a enflé, ses chevilles montrent des signes inquiétants de mauvaise circulation. Au fil des jours des plaques rouges marquent son visage.

Elle devrait aller voir le médecin, mais ce sont les vacances. La maison médicale l'inspire peu.

Elle passe de son canapé à sa terrasse, de la terrasse au canapé. Elle essaie de se recoucher mais elle est mal, il fait tellement chaud ! Son corps transpire, sa nuque est trempée, elle sent des mèches humides sur son cou.

Elle prend une douche, à peine la douche terminée elle est à nouveau recouverte d'une moiteur qui l'empêche de faire quoi que ce soit.

« Saleté de canicule ! Je fais de la rétention d'eau, c'est insupportable ! »

Tout le monde est parti, elle est seule en ville. Elle ne s'ennuie pas mais aimerait trouver juste un peu d'air pour mieux respirer. Ses volets sont baissés, mais elle sent les rayons de soleil menaçants passer au travers.

Elle attend la nuit, la fraîcheur, mais même la nuit la fraîcheur ne vient pas.
« Je vais lire ça »
Paule aime bien se parler à voix haute.
« Pfff… Non je ne comprends rien ! »
Elle lit et relit la même phrase sans en comprendre le sens.
« Mais tu fous quoi ma pauvre ! »
« Paule ! Arrête de penser que ta solitude te convient ! »

Paule éclate de rire en prononçant ces mots, elle a besoin d'entendre du bruit autour d'elle, alors elle fait des vocalises et elle bat le tempo, en se donnant de grandes claques sur les cuisses.
« Oh purée, Paule, tes cuisses sont écarlates quand est-ce que ta graisse va finir par fondre ? Et non elle ne fondra pas, elle ne fondra pas... »
Paule commence à faire des bruits étranges avec sa bouche, bruits interrompus par de grands éclats de rire.

Son téléphone sonne :
SOLÈNE

« so so so so le le le ne ne so so so so Solène..
Solène, Solène… Que veux-tu pour qui te
prends-tu ? »
Le téléphone sonne à nouveau.

- Bonjour, ça va ?
- Oui.
- Tu fais quoi ?
- Oh, je dormais… ment Paule en traînant la
voix et en faisant des grimaces qu'elle seule
peut voir.
- Excuse-moi.
- Oh ce n'est pas grave, je n'ai que ça à faire,
je retournerai me coucher après.
- Bon je te laisse…
- Maintenant que je suis réveillée tu peux
parler.
Paule se surprend elle-même. Pourquoi a-t-
elle menti ?

Mais Solène ce soir est particulièrement
agréable. Elle parle à Paule de manière plus
légère, fait appel aux beaux souvenirs qu'elles
ont partagés, elle se met même à chanter.

- Oui tu sais, j'adorais aussi ... Elle m'a dit
d'aller siffler là-haut sur la colline...
- Oh oui j'adore, et tu te souviens ? Et tombe
la neige impossible manège…

Les voilà en train de chanter à tue-tête,
chacune son téléphone à la main, elles rient

dès que les paroles oubliées deviennent la la la la.

- Ah, ça, ça m'a fait du bien Solène.
- Oui moi aussi, vraiment.

Paule a raccroché. Elle sourit.

Belle parenthèse, parenthèse enchantée, en chantant.

***

Les chansons d'avant... Oui ça les avait un peu rapprochées, on peut même dire que c'était le point de départ de leur complicité.

Soirées au séjour en montagne, des mimes, des petites impros, des lectures. Marie Noëlle fait la lecture. Marie Noëlle est belle. Elle semble tout droit venue d'un conte, fine, douce, sa chevelure bouclée blonde et naturelle n'y est pas étrangère. Elle lit.

À chaque pause, Solène ou Paule rebondissent sur le dernier mot pour entamer une chanson d'avant.

- ...comme dans mon cœur
- « *Avec mon cœur de rocker...* »

- ...rien qu'une belle aventure.
- « *L'Avventura c'est la vie que je mène avec toi* »

- ...mon amour
- « *L'amour c'est une blonde...* » non ! « *L'amour est un bouquet de violettes...* »

Ça les amuse beaucoup.

Elles rient, rient énormément. Tout le monde reste concentré sur le texte, elles aussi à leur manière.

Petit à petit leurs rires et leurs jeux amusent les autres. Marie Noëlle poursuit, elle devient complice consentante, garde son sérieux, mais regarde Paule et Solène chaque fois qu'elle marque une pause.

***

Tout s'est accéléré il y a trois ans, en juillet. Paule est partie en vacances dans le Sud. Son téléphone sonne, c'est Solène.

Paule répond. Solène est au plus mal, les voix la torturent, elle s'est fâchée avec les personnes qu'elle côtoie dans les divers ateliers qu'elle fréquente.

Paule essaie de dédramatiser, mais c'est peine perdue. Solène n'entend pas, elle n'écoute qu'elle-même. Elle parle d'en finir, de sa souffrance, de son sentiment d'inutilité, alors Paule écoute.

Solène appelle Paule. Tous les jours. Longtemps. Paule trouve ces appels très lourds mais comment ne pas répondre aux appels de détresse d'une amie ?

Si Solène met fin à ses jours, Paule culpabilisera à vie, sans doute ne s'en remettra pas, d'autant plus qu'elle est encore très fragile, deux ans seulement qu'elle s'est effondrée, premier voyage en voiture, premier trajet autre que celui qu'elle fait deux à trois fois par an peut-être, pour aller dans sa famille.

Paule ne peut que comprendre le désespoir de Solène étant elle -même très fragilisée.

A ce moment-là elle n'imagine pas l'impact que va avoir sur son avenir cette main tendue à son amie. Oui, elle est présente, mais se dit que dès que la crise de Solène sera passée, elles retrouveront les relations qu'elles avaient auparavant, un à deux coups de fil par semaine, mais Paule a laissé s'ouvrir la porte de son intimité par laquelle Solène va s'engouffrer.

La simple relation amicale n'est plus. Solène a mis en place les jalons d'une dépendance dont Paule ne pourra s'extraire que par une rupture nette et violente pour Solène.

***

Et puis la mort du frère de Solène.

Paule prend sur elle. Elle assistera aux funérailles du frère de Solène. Il a disparu, une nuit, on le retrouvera mort, au cimetière.

Solène appelle Paule un matin :

- Ça va ?

- Non, on n'a aucune nouvelle de mon frère depuis hier soir. Je me demande ce que fait ma belle-sœur, elle devrait être en train de le chercher ! Pourquoi elle n'a pas pris sa voiture ? Pourquoi elle n'est pas allée partout pour le retrouver ?

- Ne t'inquiète pas, il est peut-être chez un ami…

- Non tu ne comprends rien j'ai un pressentiment, je sens les choses.

Bon je te laisse, je rappelle ma belle-sœur.

- D'accord, tiens-moi au courant…

Solène a déjà raccroché.

Paule retourne à ses pensées. Elle était en route pour le supermarché, envie de crevettes ce matin, et il fait beau en plus.

Elle repense à sa conversation avec Solène. Elle sent les choses… Pff… C'est insupportable, cette phrase est insupportable, elle met fin à toute conversation. Pas la peine d'avancer des arguments imparables ! Elle sent les choses ! Solène n'est pas la seule amie autour d'elle à « sentir les choses » ! Il y en a plusieurs, c'est à croire que Paule est la seule cruche à ne pas sentir les choses.

Il n'empêche que cette histoire est tout de même étrange. Peu de temps plus tard Solène appellera Paule pour lui annoncer le décès de son frère.

- On l'a retrouvé dans le cimetière, mort. On ne sait pas s'il est tombé du parapet en l'escaladant ou s'il a voulu en finir.

- Oh mon Dieu, quelle tristesse !

- Oui, tout le monde pense à lui, mais lui, il est mort ! C'est moi maintenant qui vais être obligée de gérer ma mère toute seule ! Elle a quatre-vingt-quatorze ans, tu te rends compte, ce n'est pas rien !

- Oui elle doit être abattue la pauvre, c'est le deuxième fils qu'elle perd.

- Oui peut-être mais moi dans l'histoire je deviens quoi ? Je te le demande ! Je deviens quoi, décidément ils m'auront fait chier et torturée jusqu'à la fin ces deux-là ! Je te laisse, j'en ai assez.

Et Solène raccroche.

Paule est sous le choc, sous le choc de la mort de cette personne qu'elle connaissait et appréciait, sous le choc de la réaction de Solène. Comment peut-elle parler ainsi de sa mère alors que jusqu'à présent elle parlait d'une relation fusionnelle avec sa maman ?

Paule aimerait tellement prendre une fois de plus sa propre mère dans ses bras, elle donnerait tellement pour quelques secondes seulement !

Paule a promis à Solène d'être présente aux funérailles, elle a bien compris qu'elle devait y assister pour Solène et uniquement pour Solène.

C'est une épreuve.

La maman de Solène se met au milieu des autres, loin du cercueil. Paule s'approche d'elle :

- Il y a de la place devant, vous voulez que je vous accompagne ?

- Non, je ne peux pas, c'est trop difficile pour moi ! Je n'y arrive pas ! Mon deuxième enfant ! Je ne peux pas voir ça !

Paule ne trouve rien à répondre ! Oui en effet c'est terrible, cette vieille dame lui fait tellement de peine, elle porte sa fragilité sur tout son corps.

Solène se disperse. Elle s'en prend à une personne qui est présente, un ami d'autrefois, elle s'énerve, dit à qui veut l'entendre qu'il vient de la pousser, qu'il veut coucher avec elle, que c'est un salaud, elle insulte son frère au passage, lui reprochant des gestes incestueux. Elle insulte Jésus, lui reproche de ne pas l'aimer alors qu'elle lui consacre sa vie. Elle est en pleine crise.

Paule est impuissante, elle sent monter l'angoisse en elle, elle commence à se sentir comme lorsqu'elle devait monter dans une voiture au tout début. Elle tremble. Elle prend un calmant dans son sac. Pas d'eau. Pas grave. C'est infect sans eau.

Il y a l'ami de Solène, celui avec lequel elle était partie aux Etats-Unis. Paule se rapproche de lui. Elle essaie de lui parler de Solène, des inquiétudes qu'elle ressent, là tout de suite, pour son amie. Lui ne répond pas. Paule a peur de l'avenir.

Comment sera Solène demain, après-demain, dans un mois ? Elle ne se sent pas capable d'épauler Solène seule, alors elle demande à cet ami son numéro de téléphone, au cas où…
Il acquiesce mais ne lui donne rien.

Après la messe, tout le monde se retrouve dans un bar. Paule meurt de soif. Mais il y a trop de bruit, trop de monde, Solène gesticule encore.

Paule a fait ce qu'on attendait d'elle, être là pour son amie, seulement pour son amie.

Comme il y a très longtemps... Elle avait accompagné une amie et son compagnon malade dans le Sud de la France. Elle avait voulu aider ce jeune homme, le soutenir, lui parler, le distraire, mais chaque fois qu'elle prenait des initiatives, une salve de reproches lui éclataient au visage, pointant sa maladresse, son intrusion.

 - De quoi tu te mêles, moi je sais ce qu'il faut faire pour lui !
Alors Paule se disait que son amie était énervée, fatiguée, à bout et acceptait, prenait sur elle.

 - Je t'ai demandé de venir ici pour m'aider, pas pour t'occuper de lui...
Huis clos étouffant dans une petite maison au milieu du chant des cigales.

Là, à l'église, Paule revit la même chose : soutenir son amie, surtout ne pas se laisser aller à ses propres émotions, s'oublier, s'effacer jusqu'à n'être plus que l'objet de l'autre.

Paule a juste besoin de prendre l'air. Elle s'en va discrètement.

***

Paule s'accorde les soirées où elle garde ses petits enfants comme répit. Ces soirs-là, elle ne répond pas au téléphone, mais il ne cesse de sonner.

- Mamie, c'est Solène !
- Ne touche pas à mon téléphone !
- Oui mais c'est Solène
- Je la rappellerai…

Et puis les textos :

« Je sais que je te dérange, tu dois être avec tes petits enfants je suis désolée je voulais juste te dire bonsoir »

Et puis :

« Je t'envoie mon dernier tableau, dis-moi ce que tu en penses »

Paule lit ces messages tout en s'occupant de ses bouts de chou.

- Ça va Mamie ? demande l'aînée.
- Oui pourquoi ?
- Tu fais une drôle de tête…
- Oh non je pensais à quelque chose...

Paule ne peut s'empêcher de saisir son portable et de regarder plus attentivement les messages de Solène.

- Tiens regarde ma puce, c'est le dernier tableau de Solène.
- Ah oui, elle dessine bien.
- On va lui répondre.

Et Paule craque, elle répond à Solène.

« Très très beau, les enfants ont adoré, bravo Solène »

Et voilà, une fois de plus, malgré son désir de préserver son intimité familiale, Paule a laissé une brèche s'ouvrir et Solène s'y est engouffrée.

Paule se rend bien compte que petit à petit elle devient prisonnière de cette relation envahissante mais elle ne parvient pas à s'en détacher, à se mettre des « règles », des « gardes fou ».

Elle se laisse bouffer, elle laisse sa bulle de protection, qu'elle a eu du mal à créer, se faire grignoter par Solène et diminuer comme peau de chagrin.

***

Paule n'en peut plus, elle a besoin de sentir qu'elle existe aussi autrement que par la douleur.

Elle espère que sa colère va s'estomper et décide de se laisser un ou deux jours de répit avant de rappeler Solène.

Mais la colère ne passe pas.

***

Un rayon de soleil perce à travers le volet. Il vient extraire Paule de son sommeil.

« Ouf ! Aujourd'hui est un autre jour, le début du reste de ma vie. »

Ce rayon de soleil a gommé ses angoisses, les peurs de sa nuit agitée, et cette phrase qu'elle aime à se répéter reflète bien son état d'esprit.

Tout lui paraît possible ce matin.

Elle décide de se lever, d'aller marcher un peu. Depuis combien de temps n'est-elle pas sortie ?

Son téléphone sonne.

SOLÈNE

« Déjà ? »

Elle ne répond pas. Elle a reçu plusieurs textos.

« Mais non ! Six textos !…

Ah oui, bon, son dernier tableau. Pas mal. Elle est incroyable, elle me montre toutes les étapes. Bon ok. Je vais lui envoyer un texto, lui répondre. Donc :

« Bravo ma petite Solène c'est très beau, très fin, les couleurs sont délicates et particulières… »

Au moment où elle décide d'envoyer le message, son téléphone sonne :
SOLÈNE
Elle décide de répondre.
Faux pas, faux mouvement.

 - Aïe.

 - Qu'est-ce qui se passe Paule ?

 - Rien je viens de tomber…

 - Je te dérange ?

 - Non, enfin je ne sais pas, j'ai mal...

 - Ah... et tu as vu mes tableaux ?

 - Oui j'étais en train de répondre et je me suis affalée par terre…

 - Ah super, je vais lire tes commentaires, j'adore lire tes commentaires.

Solène raccroche.

Paule reste sans voix. Elle est allongée par terre, souffre, sa cheville lui fait un mal de chien et son bras...
Elle s'est cognée en plusieurs endroits, même se relever lui demande un effort considérable. Elle ne peut pas prendre appui sur sa jambe, elle ne s'en était pas rendu compte et tombe à nouveau. C'est sa tête qui cogne. Elle hurle de douleur et de colère, se traîne jusqu'à la salle de bain. Impossible de trouver un bandage. Tant pis. Des glaçons. Elle se traîne jusque

dans la cuisine, est toujours à terre, soulage sa douleur comme elle peut.

Texto :

« Voici la dernière version de mon tableau la définitive dis-moi ce que tu en penses »

« Et merde ! » crie Paule.

***

Et cette conversation autour de la mort :

- Tu sais Solène, j'étais avec ma psy aujourd'hui et j'ai eu besoin d'évoquer ma mort. Je me suis dit qu'il n'y aurait peut-être pas grand monde à mes funérailles.

- Pourquoi tu dis ça ?

- Parce que, tu sais, souvent la plupart des connaissances qu'on a, c'est par le monde du travail, et je ne travaille plus depuis longtemps.

- Oui mais tu as des amis

- Mais ils sont éparpillés un peu partout.

- Mais moi je serai là, Paule

- Bien sûr, et moi aussi en tous cas j'y serai !
Paule rit.

- Tu comprends, je ne voudrais pas manquer ce moment !
Paule rit à nouveau.

- Mais tu sais j'ai écrit mon testament, et je ne veux surtout pas que la cérémonie soit triste.
Le ton de Solène commence à changer.

- Tu trouves ça drôle ?

- Pas forcément mais je préfère en rire, on doit tous y passer.

- Eh ben moi je ne trouve pas ça drôle du tout, je ne comprends pas qu'on puisse rire de choses aussi dramatiques.

- Moi au contraire j'ai besoin d'en rire, ça m'aide à accepter.

Paule change de conversation, mais Solène reste sur sa colère et raccroche.

Le téléphone sonne à nouveau, c'est son amie, puis sa sœur.

Entretemps elle a reçu un nouveau texto :

« Que c'est rigolo que c'est drôle je n'y peux rien si ce n'est pas souvent le beau temps pour moi ironie du sort de la victime. Bon, bisous et bonne soirée de toute façon je crois que personne ne veut croire ce que je dis et voilà je passe pour la folle et la dernière des cons bonne soirée je vais me coucher j'en ai marre »

Partagée entre culpabilité et colère elle répond :

« Solène je te crois complètement quand tu me parles de ton mal-être j'ai été très maladroite et j'en suis désolée. Pour moi tu n'es ni une conne ni une folle tu es mon amie. Voilà je suis désolée je ne te rappellerai pas ce soir parce que je suis effondrée je viens d'apprendre une très mauvaise nouvelle donc je suis désolée je ne t'appellerai pas mais je t'aime très fort il faut que tu le saches bisous »

Mais Paule n'a pas supporté ce dernier texto de Solène et lorsque le lendemain matin elle reçoit un gentil message, faisant abstraction de ce qu'elles se sont dit la veille, Paule ne peut pas le supporter.

Elle perçoit à ce moment-là à quel point elle s'est tue, elle a modifié son caractère, elle s'est effacée pour asseoir la toute-puissance de son amie.

Elle relit ses propres textos et comprend sa responsabilité dans l'attitude de son amie. C'est quoi toutes ces excuses, tous ces « désolée » ? Les choses ne seront plus jamais pareilles et elle le sait.

Elle essaiera de lui expliquer par texto qu'elle a besoin de temps, qu'elle a été blessée et a reçu ses messages avec violence, mais Solène ne peut, ne veut pas l'entendre, parce que Solène n'entend qu'elle-même.

***

Paule ne supporte plus cette canicule. Son corps réagit mal. Elle se sent moite. Toujours. Avant, après la douche. Elle a l'impression que cette moiteur a gagné son cerveau. Elle a la tête qui tourne, elle titube en marchant et ressent quelque chose d'étrange au niveau du ventre.

Elle a du mal à trouver son sommeil. Elle se réveille tôt, elle qui aime tant dormir ! L'eau ne la désaltère plus, les fruits n'ont aucune saveur, elle n'a plus envie de rien, elle qui aime tant manger se désintéresse de tout.

Ses enfants lui apportent à manger. D'habitude, elle ne laisse pas aux plats le temps de refroidir, tellement ils sont bons. Mais là, la nourriture s'entasse, commence à se teinter d'une couleur peu rassurante dans le frigidaire et l'odeur devient écœurante.

Paule se retourne précipitamment. Elle a vu une ombre, elle en est sûre. Elle scrute la pièce, rien. Elle regarde à l'extérieur mais habite en hauteur, peu de chance que quelqu'un soit passé derrière la fenêtre ! Hier déjà elle a entendu un bruit dans sa chambre, comme si quelqu'un avait ouvert un robinet d'eau ; mais il n'y a pas de robinet d'eau dans sa chambre.

Elle avait éclairé et regardé dans tous les recoins, pour ne rien trouver mais elle était tout de même allée terminer sa nuit dans le salon, sur la méridienne de sa mère, seul endroit où elle se sentait vraiment en sécurité.

La canicule lui jouait des tours, elle en était sûre.

***

La douleur gronde dans son ventre. Elle ne parvient pas à sortir de son lit. Une amie l'appelle :

- Je vais bien, assure Paule.

Elle ne souhaite qu'une chose à ce moment précis, être seule, et écourte la conversation.

Elle commence à s'enfoncer dans un sommeil qu'elle espérait tant !

Un bruit d'eau. Sursaut. Elle ne comprend pas. Les robinets sont fermés. Il n'y a pas d'eau dans la chambre ! Elle vérifie tout, se recouche.

Elle n'a plus sommeil.

Envie de pleurer mais aucune larme.

Envie de crier, aucun son.

Lassitude.

Envie de mourir, pas le courage.

***

Du bruit.
Des chants.
De la musique.

Paule regarde par la fenêtre. Ils ont l'air de s'amuser. Les femmes sont sur leur trente et un.
De loin elle devine la sueur qui les caresse sous leurs robes légères et colorées. Certaines dansent pieds nus un verre à la main.
Elles affichent un sourire entendu et leurs yeux se posent sur les hommes élégants mais un peu éméchés auxquels elles pardonneront leur infidélité d'un soir.
Paule les regarde. Tout ça sonne un peu faux mais elle les envie malgré elle.

Depuis combien de temps n'a-t-elle pas vécu cette insouciance, se laisser bercer par la mélodie des mots qu'on n'écoute pas, afficher un sourire pour mieux se fondre dans l'ambiance et passer inaperçu, acquiescer aux sourires les plus insipides et convenus, être là où on vous attend sans faire de vagues, se perdre pour ne plus être seule.

Elle n'est jamais entrée réellement dans ce schéma. Elle contemple aujourd'hui la tristesse qui accompagne irrémédiablement sa solitude.

***

La nuit est particulièrement chaude.

Irrespirable.

Insupportable

Interminable.

Paule se tourne et se retourne à maintes reprises pour essayer de trouver un peu de fraîcheur dans ses draps. Elle commence à s'endormir et entend une voix l'appeler.

« Paule tu es mauvaise, personne ne te veut pour amie. »

Paule sursaute, éclaire. Personne. Elle sent son corps se mettre à trembler, elle met son visage sous son oreiller et après avoir poussé un grand cri, pleure. De gros sanglots secouent tout son être.

Elle pleure.

Eperdument.

Longuement.

Inconsolablement.

***

Son immeuble s'est presque vidé. Les rares fois où elle sort, elle ne croise personne.

Mais ces aboiements… De jour, de nuit, incessants…

Les maîtres ont dû partir en vacances, le chien hurle sa tristesse, sa solitude, son ennui, son abandon.

Il les hurle tellement, mais tellement fort…

Il est en danger, il ne le sait pas encore. Bientôt, le voisinage signalera sa maltraitance, bientôt on l'emmènera, loin, loin de chez lui.

Lui si grand, si majestueux perdra sa prestance, mais pire encore, sa dignité.

Mais ça, il ne le sait pas, il ne peut même pas l'envisager.

***

Paule entend de plus en plus de bruits étranges chez elle.

De l'eau qui coule, des froissements de papier, la porte d'entrée. On sonne, personne. Des bruits sur le palier. Elle aimerait bien croiser ses voisins. Elle ouvre. Personne.

Son corps la fait souffrir. Sa chute a laissé des séquelles malgré la glace qu'elle s'est appliquée. Son ventre est très douloureux, tellement douloureux...

Elle se vide mais enfle, ses cheveux déjà fragiles auparavant, tombent par poignées.

Elle ne répond plus aux messages et aux coups de fil de Solène, mais Solène continue à la hanter.

Elle sent parfois que son cœur s'emballe, elle tremble.

Ses amis, sa famille, l'appellent mais de moins en moins. Elle n'a pas envie de parler et le moindre mot est perçu comme une agression pour elle. Elle rumine, ressasse pendant des heures un mot, une phrase, une réflexion. Elle peste en les répétant à haute voix, elle rejette ses amis, pourtant elle n'a jamais ressenti à ce point le poids de la solitude.

Elle attend que la journée passe. Elle appréhende les nuits. Mais les matins sont anxiogènes, annonciateurs d'une nouvelle journée de mal-être et de douleur.

On frappe à la porte.

- Stop ! Arrêtez de frapper à la porte ! Je sais qu'il n'y a personne derrière...

Elle enfouit son visage sous le coussin. Sur le canapé, elle hurle, elle a l'impression de devenir folle, d'être persécutée. Elle entend un bruit de clé. Elle a peur, elle se réfugie dans la cuisine et saisit un couteau.

- Paule ! Paule !

- C'est bien toi ?

- Oui qui veux-tu que ce soit ? Qu'est-ce que tu fais avec ce couteau ?

- Oh rien ... mais pourquoi tu es là ?

- Tes enfants m'ont appelée. Ils sont inquiets tu ne réponds plus au téléphone. Du coup je leur ai dit que je passerai et comme j'avais gardé tes clés...

- Oui rends-les moi.

- Non je ne te rends rien. Qu'est-ce qui se passe ?

Son amie ne semble s'apercevoir qu'à ce moment-là à quel point Paule a changé. Paule éclate en sanglots et raconte.

- Surtout ne dis rien à mes enfants, ils ne doivent pas s'inquiéter...

- A une seule condition, je t'accompagne chez le médecin.

Paule acquiesce.

***

Deux jours plus tard, l'amie de Paule l'accompagne chez le médecin.

Paule est incapable de prononcer un mot. C'est son amie qui explique les bruits, les ombres, les voix, les douleurs, ce corps qui se vide et enfle à la fois, ses peurs de plus en plus présentes, ses pensées terrifiantes.

Le médecin et l'amie de Paule parlent, parlent, parlent.

Une mélodie, juste une mélodie c'est ce que Paule retiendra de cette visite. La mélodie sur laquelle des mots privés de leur sens se posent marquent un tempo bien particulier, une suite de sons...

Paule entend, se balance d'avant en arrière, observe le médecin qui griffonne sur une feuille.

***

Solène a encore appelé quelques fois Paule, mais Paule n'a pas répondu. Elle a lu ses messages, elle a grimacé lorsqu'elle a vu SOLÈNE s'afficher sur l'écran de son téléphone, mais n'a surtout pas répondu.

Elle comprend aujourd'hui qu'elle était l'objet de Solène, son jouet. Oui, jouet, sans âme qu'on peut manier, manipuler comme on le désire.

Solène lui demande si elle est passée à autre chose mais qu'est-ce que ça veut dire passer à autre chose ? Ce n'était pas une relation amoureuse, ce n'est pas une aventure, ce n'est pas un travail. Pourquoi passer à autre chose ? Et puis Solène semble s'être résignée à n'avoir plus de nouvelles de Paule. Aucune réponse. Alors Paule pense que Solène a finalement baissé les bras et a compris.

Mais non.

Samedi soir. Paule regarde une émission sans intérêt à la télé. Elle a ses petits-enfants ce soir. Elle se dit que ça lui fera du bien un peu de vie à la maison.

Le téléphone sonne.

SOLÈNE

Elle l'aurait parié.

Texto :

« Comment tu vas ? Tu ne me réponds plus, j'essaie de te joindre par tous les moyens mais pas de réponse. Qu'est ce qui se passe ? ton silence est anormal, j'ai l'impression de te harceler, dis-moi si tu veux stopper toute relation avec moi, j'attends au moins cette réponse »

Deuxième texto :

« Je préfère que tu me dises, que ce soit clair, je n'arrive pas à comprendre, j'ai besoin d'une explication. »

Réponse de Paule :

« Bonsoir Solène je pense t'avoir donné ce que je pouvais comme explication à savoir que ta réaction avait été très violente pour moi et crée un blocage. Je te l'ai écrit par texto et aussi dans une longue lettre qui est arrivée chez toi ou ta maman.
Je n'y arrive plus.
Notre amitié était forte mais peut-être trop ».

Solène :

« Quand tu m'as écrit ? Rien reçu. Tu ne veux plus me parler ? »

Paule :

« Oui je préfère prendre un peu de distance. Pour la lettre, vois avec ta maman si elle est arrivée chez elle c'était début juillet »

Solène :

« Tu sais bien que je suis malade, oui j'ai été violente mais je m'en suis longuement excusée, je t'ai envoyé plein plein de messages »

Paule :

« Ce n'était pas la première fois c'était la fois de trop »

Solène :

« Parfois ma mère jette les lettres sans les ouvrir »

« Et puis ton ami qui est mort ce même jour... c'est vraiment mal tombé »

« Non mais elle me parle de quoi ? » se dit à voix haute Paule devant le regard médusé de son petit-fils.

« Elle m'étouffe ! »

Paule a l'impression une fois encore qu'elle n'est pas entendue, elle sent sa volonté comme broyée dans le rouleau de barbelés du désir de Solène. Elle a envie de hurler. Au lieu de ça elle répond :

« Dommage pour la lettre »

Solène :
« Donc tu veux tout arrêter, c'est fini entre nous ? »

 « J'espère quand même que tu as passé de bonnes vacances ! »

Solène :
« Eh bien je ne comprends pas ! J'ai mal, rompre notre amitié comme ça, pour ça ! C'est dur pour moi»

Solène :
« Et voilà, tu ne me réponds plus, je n'ai plus qu'à me barrer, mais ça ne fait pas plaisir ! »

Solène :
« Et ben salut »

Solène :
« Voilà, comme les autres tu te débarrasses de moi, plus d'espoir, il ne me reste plus qu'à disparaître tristement de ta vie, mais j'ai mal... Enfin, si c'est ce que tu veux... »

Paule a une fois encore clarifié les choses, est-ce que cette fois Solène aura entendu ? Une peur très forte s'empare de Paule.

Et si Solène venait chez elle et se montrait violente. Elle sait où elle habite, elle sait où trouver ses enfants…

Elle en a rêvé une nuit il y a quelques temps déjà, mais si ce rêve se réalisait…

Paule regarde à nouveau son téléphone. Plus de textos, pas de coup de fil, cette fois-ci sera-t-elle la bonne ?

Première soirée depuis le retour des vacances avec ses petits-enfants, gâchée, amputée par les textos de Solène.

Il est tard, elle accompagne les garçons dans la chambre, leur raconte une histoire, celle du crocodile qui n'avait pas de dents. Elle l'invente au fur à mesure qu'elle raconte, elle adore ça, les enfants aussi.

- Bonne nuit mes amours, à demain matin.

***

Réveil. Quatre textos :

« Bon si tu changes d'avis tu peux m'appeler. Je serai tellement contente d'avoir de tes nouvelles, ce sera une telle joie pour moi ! »

« Bises et bonne journée »

« Et au fait mon adresse c'est le 55 rue de la République, et ma mère jette souvent son courrier sans le regarder »

« Alors à bientôt... Peut-être »

Elle pensait avoir réussi à couper les ponts, elle y a tellement laissé d'elle-même. Elle est abîmée, fragilisée voire détruite par cette relation.
Elle a la sensation que toute son énergie a été pompée par la toxicité de cette amitié, elle est vidée, fatiguée. Mais non ça ne va pas recommencer, pas possible !

Ses deux premières lettres sont restées au milieu d'un tas de feuilles, factures, dessins d'enfants sur une étagère dans le couloir.

La troisième s'est perdue, ou pas.
Dommage.
Une fois de plus, Paule s'est sentie non entendue, une fois de plus sa parole a été niée.
Mais elle le sent, elle a besoin de dire et redire les choses, de gommer sa transparence, de s'affirmer.
Elle le sait, c'est nécessaire pour elle, pour sa survie psychique.

L'emprise de Solène la broie de l'intérieur, lui arrache les boyaux, les tripes. Sortir, expulser cette emprise pour accoucher d'elle-même, réapprendre et renaître à la vie.

Finalement.
Elle le sait, ses maux de ventre vont disparaître, la douleur va faire place au rien, à tous les possibles.

Alors elle saisit une feuille et commence à griffonner une quatrième lettre.

Bonjour Solène,

Tu n'as pas reçu ma lettre, alors je vais essayer de t'expliquer, de donner une raison à ce silence.
Trouver les mots, les mots justes, ne pas te faire mal, ceci est difficile pour moi.
Nous avons parcouru un long chemin ensemble, une amitié longue et profonde où nous nous sommes laissées aller à nous confier, nous épancher, rire, pleurer et rêver ensemble.
Mais voilà, cette amitié m'a enfermée dans une tour d'argent. Je suis devenue « ton amie ». Un honneur et une charge en même temps. Je t'imagine en train de pester et de m'en vouloir. Oui, je ne sais pas si c'est toi qui m'as enfermée, ou si moi-même j'ai adoré devenir une des personnes les plus importantes de ta vie. Mais ce rôle ne me convient plus. Je ne remets pas en question ta personne, pas même ta maladie, mais notre relation, unique, exclusive.
Trop, trop de lien, un nombre de textos et de coups de fils qui rythment mon quotidien et ne laissent pas assez de temps pour qu'émerge de moi quelque chose qui m'appartiendrait, qui n'appartiendrait qu'à moi.
Mes journées s'égrènent au rythme de tes humeurs, des voix que tu entends, des tableaux que tu peins, des amis que tu ne vois plus, des maux que tu ressens.

Où suis-je dans tout ça ? Qui suis-je ou plutôt que suis-je pour toi ? Une oreille, un écho ? Une redondance ?

J'ai pensé mettre de la distance. Mais c'est impossible. Je sais que tu ne peux, que tu ne saurais t'en contenter.

Alors au revoir. Ne t'énerve pas si je te dis que pour toi aussi cette amitié qui se tait c'est une porte qui s'entrouvre sur autre chose. N'aies pas peur de l'inconnu. N'en n'ayons pas peur, nous l'avons trop longtemps refusé, il est temps de l'accepter et de retourner à la vie

Paule

Elle s'inquiète pour ses enfants parce qu'ils s'inquiètent pour elle.

Elle n'aime pas se montrer ainsi. Elle cache, en tout cas elle essaie de leur cacher ses préoccupations. Ils font semblant, comme elle, mais essaient d'être le plus présents possible, à leur manière, pour ne pas la brusquer.

Sa fille lui propose d'aller chez le coiffeur. Elle refuse, pourtant ses cheveux sont de plus en plus blancs, elle n'a plus de coupe. Elle finit, par accepter de s'en remettre à un coiffeur à domicile. Il est sympathique, drôle, et fait ce qu'il peut. C'est mieux mais tous ses efforts ne parviennent pas à dissimuler l'état de Paule.

Pourtant elle donne le change, sourit, se regarde sous tous les angles, admirative, et à peine la porte refermée elle court dans la salle de bain, lave ses cheveux, ôte toute odeur provenant de l'extérieur et retourne dans son lit.

Elle voudrait aller mieux.

Elle prend ses cachets sagement, régulièrement, consciencieusement, a même mis une alarme sur son téléphone pour ne pas les oublier.

Un très long travail de reconstruction commence. Le traitement est lourd, mais fait son effet petit à petit lentement, laborieusement.

***

La canicule s'en est allée jusqu'à l'été prochain, l'été indien est là, et puis la pluie, les arbres jaunissent, rougissent, perdent leurs feuilles et la nature se laisse recouvrir de blanc.

Des sourires timides réapparaissent sur le visage de ses enfants.

C'est bientôt Noël. Penser à acheter les cadeaux.

Elle appelle une amie :

- Tu voudrais bien m'accompagner, je dois trouver des cadeaux pour les petits, je ne sais pas quoi prendre.

- Bien sûr, après-demain matin ça te va ?

- Euuhhh… tu sais il faut que je me prépare dans ma tête, si ça ne fait rien on dit la semaine prochaine.

Se préparer dans sa tête, préalable indispensable à toute action.

Où est donc passée la spontanéité qui la caractérisait si bien, qu'en est-il de son impulsivité ?

Elle a oublié jusqu'à la moindre sensation, montée d'adrénaline, que lui procurait ce trait de caractère qu'elle adorait. C'était bien avant, est-ce qu'elle pourra retrouver tout ça un jour ?

Rayon jouets, grande surface. Trente minutes. Extraordinaire, tous les cadeaux sont faits. Il lui restera à les emballer et à les cacher. Tellement compliqué pour elle, tout doit aller très vite.

***

Il fait froid. Paule se traîne, du canapé au lit, du lit au canapé.

Difficile pour elle de sortir, sensation d'être suivie, épiée… Elle colle autant que possible les murs et marche vite, la tête baissée. Surtout ne pas penser, surtout ne croiser aucun regard.

Elle ne supporte pas ce qu'elle est devenue. Elle a enflé, ses vêtements l'oppressent, elle se trouve laide, hideuse.
Elle prend sur elle, doit aller faire quelques courses.

- Bonjour Paule, comment tu vas ?
Elle reconnaît une ancienne connaissance.
- Ben… Comme tu vois…
- On m'a dit que tu avais été malade.
- Oui un peu, mais ça va aller…
- Qu'est-ce que tu as eu au juste ?
- Euhhh, c'est difficile à expliquer, et puis là je suis pressée…
- Ah ok, tiens je te donne mon numéro de téléphone, appelle-moi à l'occaz !

- D'accord, à l'occaz… Au revoir.

Paule reprend sa route.
« Flûte ! Pas envie de parler. »
Alors elle prend son portable et feint de
téléphoner en marchant.

***

Paule est soutenue par quelques personnes seulement. Ça lui est égal. Elle perçoit à peine leur présence.

Elle voit le médecin spécialiste une fois par mois et un psychologue une fois par semaine. La première fois, elle s'est juste effondrée, et puis un flot de paroles incontrôlables.... Mais ça lui fait du bien. C'est toujours difficile pour elle de s'y rendre à pied, peur de croiser du monde, mais sa technique du faux coup de fil est imparable... Les personnes qu'elle connaît ? Elle leur fait un petit signe de la main, de loin.

Chez sa thérapeute elle est bien. Elle apprend petit à petit à redevenir elle-même, ou une autre elle-même, et puis elle se sent en sécurité, Solène ne connaît pas cette adresse !

Solène... Pas de nouvelles, elle appréhende la période des fêtes, les vœux. Qu'est-ce qu'elle doit faire, lui souhaiter une bonne année ou pas ? Et si Solène l'appelle, elle répondra, ou pas ?

***

Son amie l'a accompagnée au début à ses visites chez le spécialiste.

Paule ne supportait plus la voiture, elles y allaient en bus. Surtout ne pas entendre les bruits d'une discussion avec son amie qui se fait pourtant discrète et est à l'entière disposition de Paule.

Une présence. Juste une présence. Réelle.

Maintenant Paule se sent capable d'y aller seule. Elle prend le bus à cinq minutes seulement de chez elle, s'installe derrière le chauffeur. Le trajet est plus long, mais elle se sent davantage en sécurité.

Paule regarde par la vitre du bus.

Elle aperçoit quelqu'un qui la ramène plusieurs mois en arrière.

C'est Solène.

Elle est devenue mince, belle, a retrouvé l'assurance qu'elle avait à leur première rencontre. Ses cheveux ont poussé. Crinière magnifique. Solène semble légère, elle sort d'une librairie un sourire aux lèvres. Paule regarde plus attentivement.

PAULE

Sur une grande affiche, sur la vitrine de la librairie, elle voit son prénom.
C'est le titre d'un livre.
Sur le bandeau, la photo de Solène.